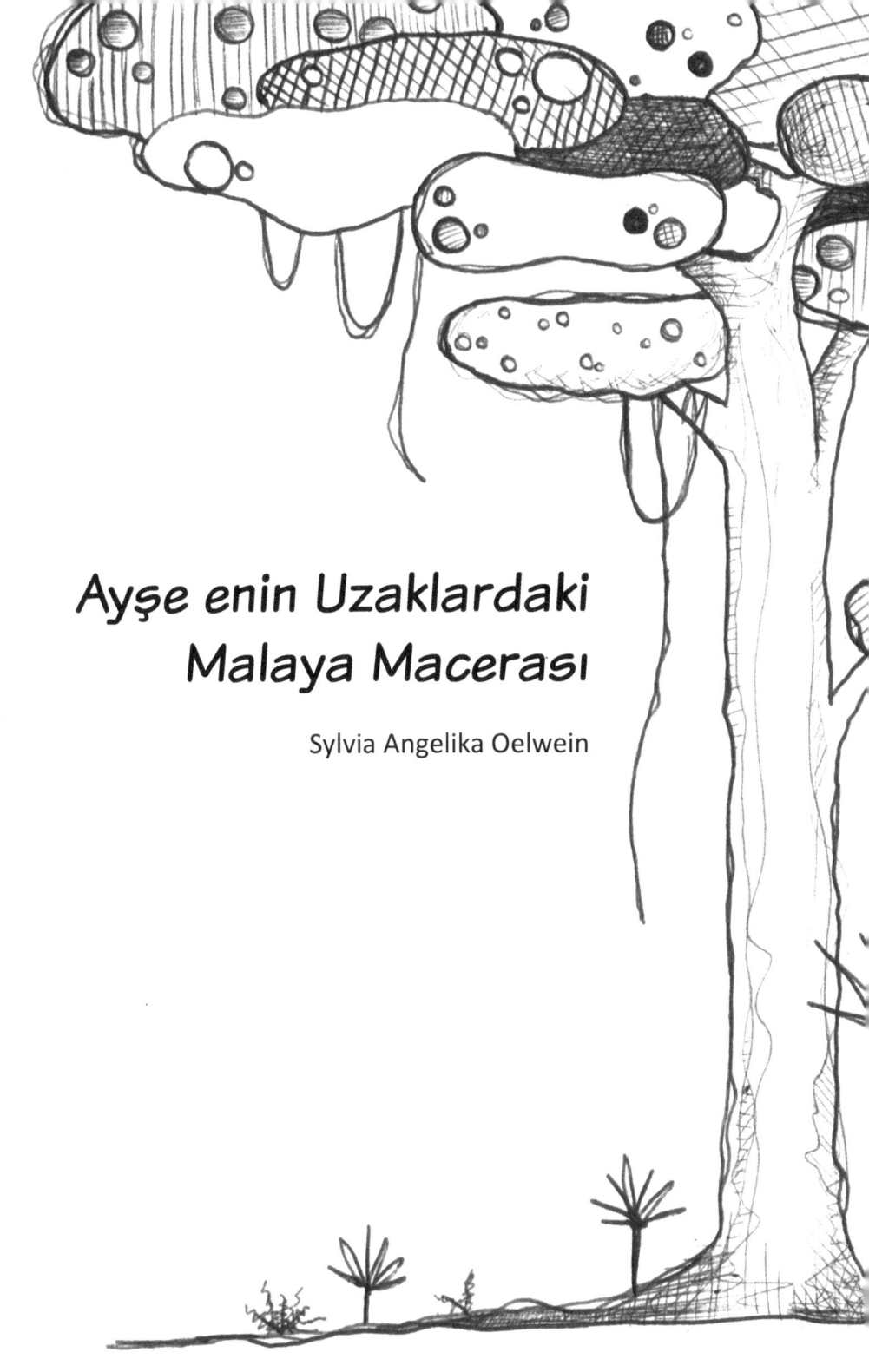

Ayşe enin Uzaklardaki Malaya Macerası

Sylvia Angelika Oelwein

Sylvia Angelika Oelwein

Ayşe enin Uzaklardaki Malaya Macerası

5 yaşındaki çocuklar ve çocuk olduğunu
unutmayan yetişkinler için.

Alman Ulusal Kütüphanenin Bibliyografik Kaynaklar
Bu yayın Alman Ulusal Kütüphanesinde kaydedildi ve Alman Ulusal Bibliyografikde bulunur
Detayli bilgiler internette http://dnb.d-nb.de bulunur.

Yazar hakkında daha fazla bilgi için:
info@koechin-anna.de, Telefon +49 163 7302237
Cevirmen: Akif Ozan, Würzbur g
Gözden Gecirilis Baski: Varol Keskin, Güntersleben

Almanyada basılmıştır

ISBN:
978-3-7526-2277-5
Herstellung und Verlag: BoD- Books on Demand, Norderstedt

Sevgili okuyucular,
sevgili çocuklar,

uzun zaman Malezya´da yaşadim ve doğada birçok güzel maceram oldu. Bizde, Avrupa´da olmayan büyük olasılıkla hayvanat bahçelerinde olan hayvanlar tanıdım. Bu hayvanlarda doğadan, cangılda karşılaşmak benim için umutulmaz bir maceraydı. Kimi hayvanları size burada tanıttım.

Malezya çok güzel bir ülke; orada yaşayan insanlar çok açık sözlü ve basit bir yaşam sekilleri var. Çok az şeylerle mutlu oluyorlar. Elbette Kuala Lumpur (başkent) gibi büyük şehirlerde istisnalar var. Orada bariş içinde yaşaniyor ve karşılıklı yardımlaşılıyor. Malezyaca konuşuluyor ve sizlerde hikayelerin içinde bu dildeki kimi sözcükleri bulacaksınız. Yollarda yürürken gülümseyen insanlarla karşılaşmak çok güzel bir duygu.

Insanların çoğu Kampangta yaşiyor. Bu bir köy, burada bir kaç küçük ev ve kulubeler var. Bunlar doğal olarak bizdeki gibi taştan yapılmış. Yerliler düzenli olarak balık avına çıkıyorlar, bununla besleniyorlar veya otellere satıyorlar. Akşamları ufukta birçok balıkçı teknesi görülüyor ve onlar tekrar sabah saatlerinde geri dönüyorlar. Teknelerin balık tutmak için kullandıkları ışıklar deniz üzerinde takip edilebiliyor.

İklimde bizimkinden farklı. Bir kurak mevsim, bir yağış mevsimi var. Yağış mevsimi kasımda başliyor ve Martta bitiyor; bu zaman içinde çok yağmur yağıyor ve çok mosquitos (sivrisinek) oluyor. Ayni zamanda deniz çok kabarık ve tehlikeli. Nisandan ekime kadar kurak zaman, deniz sakin, ısı sıklıkla dayanılmaz sıcak ve tek damla yağmur yağmiyor.

Batı Malezya (eski isim Malaya) ve Dogu Malezya var. Biz burada Batı Malezyadayız. Gerçekte burası doğu kıyısında ve 50 yıl önce Malezya'dan ayrılıp bağımzıs olan Singapur'a çok yakın. İki ülke „Cause Way" köprüsüyle bir birine bağlı ve bu köprü kilometrelerce deniz üzerinde uzanıyor. Küçük Ayşe Kuantan yakınlarında yaşıyor.

Umarım sizde bü ülke için biraz merak uyandırdım ve siz kendiniz Kuantanın nerede olduğunu bulursunuz.

Ayşenin vatanını tanırken iyi eğlenceler!

İlk torunum Paul'a, aynı şekilde ebeyvenleri Angelina ve Phillip'e, kızlarım İsabel ve Julia'ya ve onların ailelerine ve Dünyanın bütün çocuklarına armağan ediyorum.

Önsöz

Sürekli olarak, çocukların fantazi duygularına inebilen, basit ve doğal düşünebilen yetişkinlerin çok az olduğunu tesbit ediyorum. Biz yetişkinler böylece hayatı karmaşıklaştırdık ve doğaya giriş yolunu kaybettik.

Ama biz insanlar doğa olmadan ne yapabiliriz? Şimdiye kadar bize örnek olan hizmet eden doğa değilmiydi? Bir çok alanda doğayı örnek aldık ama hiç bir buluş tam olarak onun yerine geçemedi.

Şimdi doğada kesin bir söylemle Malaya[1] doğu kıyısında ve Cangılda bir gezintiye çıkalım.

Şimdi aslında ben bu hayvan hikayelerini çocuklar için yazdım ama umarım yetişkinlerde (olabildiğince çok) bunları zevkle okurlar.

Kuantan, Malaya, Ocak 2015

---

1   Malaya bugünkü Malezyanın eski adı

İçindekiler

Ayşe

Ayşe 7 yaşında bir kız ve üç erkek kardeşi ve ailesi ile birlikte Kampong'ta yaşıyor. Kampong Sungai Lembing köyün dışında ve böylece Ayşe zamanın coğunu köyün gürültüsünden uzak doğada geçiriyor.

Onun üç erkek kardeşi doğadaki yaşama pek ilgi duymuyorlar. Onlar zaten yaşca büyük. En çok küçük Zainiffa ara sıra Ayşe'ye eşlik ediyor. Buna fikirlerini gerçekleştirmek için gerek duyunca yapıyor. Bunun için o tam uygun.

Zainiffa 10 yaşındaydı ve artık Kuantan'da daha yüksek bir okula gidiyordu. Kardeşi Muhammet 13. Ibrahim 15 yaşındaydı. Bu iki kardeş okulu bitirmek üzereydiler ve Kuala Lumpur'da bir işyeri için bekliyorlardı, çünkü Kuantan'da herkes yetecek kadar işyeri yoktu. Muhammet oto tamircisi olarak calışmak istiyordu. Zainiffa ise ünlü bir ressam olmanın rüyasını görüyordu.

Babası turistik bir tesiste kapıcı olarak çalışıyor, annesi ise biraz para kazanmak için başkaları için dikiş dikiyordu. Aslında kulubelerinde yeteri kadar iş vardı ama beş aç boğazı doyurmak için daha fazlasına gerek vardi.

Kampong'daki hayat oldukça basitti ve yaşamak için gerekli olan her şey vardı: su, elektrik üreten bir alet, yemek yapmak için gaz ve herkes için bir yatak. Üç erkek kardeş ayni odada kalıyorlardı ama Ayşe´nin kendi odası vardı, cünkü o bir kızdı. Onların bir köpeği, Josef, iki kedileri, Teluk ve Baluk, vardı. Ailenin yumurta ihtiyacını karşılayan, ortalıkta dolaşan 5 tane de tavuk. Eğer günün birinde bir piliç dünyaya gelipte yumurta verecek yaşa gelince en yaşlı tavuk tencereye...Kampongta hayat böyledi ve hayatta kalmak için gereken neyse bu oluyor ve böylece tavuk sayısı hep 5`te kalıyordu.

Etrafta bir çok küçük maymun yaşıyordu ve bazen kendilerinin yemek için planladığı bir muz yada ceviz çalınıyor ve bu annesini çok kızdırıyordu.

Bu doğal çevrede Ayşe`nin bir çok macerası var ve ben bunların kimilerini size anlatmak istiyorum.

Küçük yengeç Ketan

Bir sabah Ayşe ayaklarını yıkamak için erkenden deniz kenarına gitti. Annesi onu kahvaltıya çağırıp, sonra okula götürmeden önce, sabahın erken saatlerinde deniz kenarında yalnız olmayı çok seviyordu.

Şu an „gel-git" olayında deniz çekilmiş, su tekrar gelinceye kadar oldukça açığa yürümek istiyordu. Bir yengeçcik deliğinden cıktı ve dediki: „Ayağının bastığın yere dikkat et! Az önce kafamı çiğnedin."

Kız korkarak arkasına döndü ama hiç kimse yoktu. Tekrar tekrar baktı, kimseyi göremedi. Denizin tabanına baktı ve kumun renginde olduğu için hemen görülmeyen küçük bir yengeçcik farketti. Eğilerek yengeçe sordu: „Senin adin ne?"

„Benim adım Ketan, ya sen?"

„Benim adım Ayşe."

Bu arada ancak baş parmağı büyüklüğündeki yengeçin deliğini kazarken yaptığı şekileri farketti. „Ne güzel" diye bağırdı. „Bu sanki bir resim".

Gerçekten küçük yengeç Ketam yuvasını kazarken oldukça fazla kum cıkarmış ve bunları kendisi için kullanılacak hale getirerek yuvasının etrafına dağitmıştı.

En güzel resim yuvasını çerçevelemişti. Ketam küçük top tanecikleri yıldız şeklinde dizmişti. Ayşe resimi dikkatlice inceledikten sonra dediki, „sen bir sanatcısın. Ben bunu kağıt üstüne bile yapamam."

Küçük yengeçin yüzüne bir gülümseme kapladı ve sevinçten vücudunun ön tarafındaki kıskaçlarını havaya kaldırdı. „Evet", dedi, „bütün bir sabah bunun için çalıştım ve sen geldin, neredeyse bir adımla benim sanat eserimi bozuyordun, seni tam zamanında uyardım. Biraz daha dikkatli olabilirdin".

„Bütün bunları niye yapıyorsun?" diye sordu Ayşe. „Acele etmeliyim. Sular çekilince kendimi kuma iyice derin gömüyorum ve suların tekrar yükselmesini bekliyorum. Yoksa ölürüm". Ayşe aceleyle onun sanat eserini tamir etmeyi denedi ama ne kadar uğraştıysa da başaramadı. „Boş ver" dedi „Ben kendim yaparım ama gelecek sefer nereye bastığına dikkat et." Ve hemen arkasından işine devam etmek için deliğinde kayboldu.

Ayşe aceleyle eve döndü ve yaşadıklarını annesine anlattı. „Şimdi" dedi annesi, biz doğayı taklit edemeyiz. O yüzden doğaya saygı göstermeliyiz, çünkü biz o olmadan yaşayamayız" ve kızının önüne Nasi Goreng[2] koydu. Artık okula gitmenin zamanı gelmişti ve Ayşe yaşadıklarını heyecanla okul arkadaşlarına ve öğretmenine anlattı.

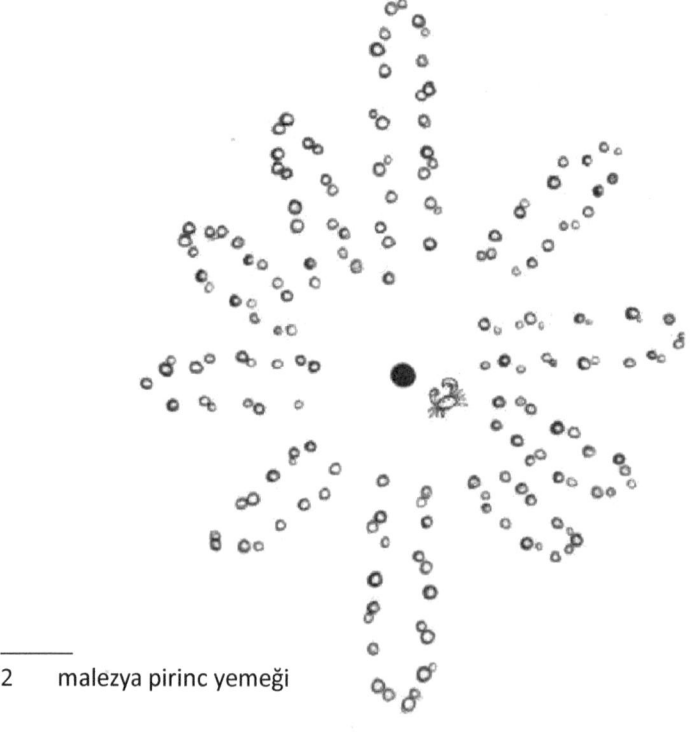

---

2   malezya pirinc yemeği

Leguan Ailesi

Ayşe bir balta girmemiş bir ormanın kenarında arkadaşlarıyla oynuyordu. Air terjun[3] da birbirlerini karşılıklı ıslamakla meşguldular. Öğle olmuş, güneş yükselmiş, telur[4] ve kacang hijau5 dan oluşan yemekten sonra dışarıya oyun oynamağa çıkmak izni almışlardı.

Neşeyle evden fırladılar. Bir daire oluşturarak kuma oturdular. Birisi bir hikaye anlatmağa başlıyor, diğeri devam ediyordu. Ondan sonra başkası devralıyor ve bu hikaye bitinceye kadar devam ediyordu. Sonunda[5] çocuğun katılımı ile neşeli bir hikaye ortaya çıkıyordu.

Bu da böyle bir hikaye...Bir zamanlar ailesi birlikte cangılda yaşayan bir Leguan —dev kertenkele- vardı. Günün birinde Saya Buruk adındaki babası eve gelince küçük aileye yetecek kadar yeterli erzak olmadığını fark etti.

Annede ümitsizce çocuklara çigneyip yedirmek için böğürtlen yada küçük kertenkele arıyordu. Bu ara baba neşeyle sarmaşıktan sarmasığa atlayan küçük bir maymunla karşılaştı. Kendini „Tamtam" diye tanıştıran maymundan yardım istedi.

3   cağlayan
4   yumurta
5   yeşil fasülye

„Lütfen bana yardım et. Ailem aç ve biz yiyecek bir şey bula-mıyoruz. İnsanlar buradaki herşeyi yakıp yıktılar. Bize ağaçlar-dan birkaç tane meyve toplayabilirmisin? Ben çok ağırım ve yükseğe tırmanamıyorum.

Tamtam yardıma hazır olduğu söyledi, arkadaşlarını cağırdı ve Saya Buruk'u ağaçin en tepesine cıkardılar. Baba burada bir taraftan kendisi yerken, cok miktarda küçük hayvancik ve meyve topladı. Sonra Tamtam ve arkadaşları bir haydut mer-diveni oluşturdular ve Babanın aşağı inmesine yardım ettiler.

Tüm bunlar Leguan'a çok zor geldi ama maymunlara da daha fazla zorluk vermek istemedi.

Bu ara Leguan Saya Burak'un aklına yakınlarda bir insan yer-leşim bölgesi olduğu aklına geldi. Hemen oranın yolunu tuttu. Yol çok uzundu ve açlığıda artmıştı. Oraya geldiğinde insanlar çok korktular ve etrafa kaçıştılar. Ama Saya Burak sadece yi-yecek isteyecekti! O insanlara aci vermek istemiyordu.

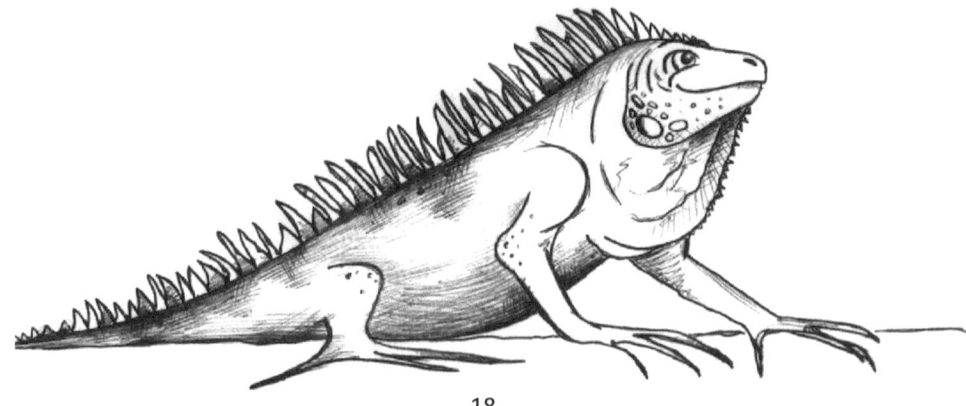

18

Bir mutfağa daldı ve akşam yemeği için hazırlanmış olan nefis yemekleri yemeğe başladı. Bu Ayşe'nin ailesi ait olan mutfaktı.

Çok nefis ayam[6], ikan biarawan[7], rumpai laut[8] ve cubis[9] yemeği vardı.

Masaların üzerinde ne varsa büyük miktarda yuttu. Mmmmh, çok nefistiler. Çoktan beri bu kadar doymamıştı.

Daha sonra kendine bir yatak buldu ve girip içine uykuya daldı.

Ayşe geri döndüğünde Saya Burak'u kendi buldu. Nasıl bir korku! Bağırarak yardım istedi.

Oyun oynarken Ayşe uykuya dalmıştı ve bu rüyayı gördü. Yüksek sesle bağırınca hemen annesi geldi ve onu kucağına aldı. „Ne oldu yavrum?" Uyandı ama uykudamı yoksa uyanıkmı ve herşeyin bir rüya olduğunu anladı fakat kalbi uzun zaman hızlı hızlı atmağa devam etti.

---

6   pilic
7   maymun balığı
8   deniz otu
9   lahana

Kertenkele Lissi

Ayşe okul ödevini bitirdikten sonra kulubenin önündeki kuma rahatça uzandı. Amacı yavaşca üzerinden geçen bulutları seyretmekti.

Sık sık bulut tiyatrosu oynuyordu. Uzun süre geçen bulutları izliyor. Birisini herhangi bir şekile benzetince ona uygun bir hikaye buluyordu.

Bulutlardan birisi küçük kuzuya, diğeri kötü kalpli bir kurda, bir diğeri de bir meleğe benziyordu. Hemen kafasında bir hikaye uydurdu. Kötü kurt kuzucuğu yemek istiyor ama bir me-

lek büyü yaparak kurdu çobana dönüştürüyordu. Böylece kuzucuk kurtuluyor ve çoban kurdun karnından çıkan bu nazik canlı ile severek ilgileniyordu. Güzel değil mi? Böylece kötü hikayeleri güzelleştiriyor ve başarısına seviniyordu.

Birden elinin altında bir kımıldanma hisetti. Korktu! Neydi o? Hemen elini çekti. Hayretle yere baktı. Orada birşey vardi.

Önce bir yılan olduğunu düşündü ama o küçük bir kertenkele idi. Ferahlayanak derin bir nefes aldı. Kertenkele: „Benim adım Lissi, ya sen?" diyerek kendini tanıttı. Korkunun etkisiyle nefes nefese adını söyledi. „Biraz oyun oynamaya öneriyorum" dedi Lissi. „Benim çok canım sıkılıyor." „Evet" dedi „bulut tiyatrosunda sende oyna."

Ayşe geniş olarak oyunu anlattı, sonunda yeni oyun arkadaşın da anladı. Artık başlaya bilirlerdi. Sıra kertenkeleye gelinceye kadar bir zaman oynadılar. „Kocaman bir sinek görüyorum" dedi ve onu yakalama için zıplamayı denedi ve pat diye karnının üstüne düştü. Bunun sadece bir bulut, yani serap olduğunu anlayınca hayal kırıklığına uğramıştı. Uğradığı başarısızlığa üzgün, gerçekte ağrıyan karnını tutarak „Ben oynamıyorum artık" dedi.

Fakat tersine bir tasın üstünde iri bir sinek oturuyordu.

Hemen sesizce tasa yaklaştı ve hüp sinek ağazına girmişti ve zevkle mideye indirildi.

Kertenkele mutlu bir şekilde kuma uzandı, nefis yemeğini midede eritti ve uykuya daldı. Ayşe bir süre onun nasıl nefes alıp verdiğini gözlemledi, onu dikkatlice dokundu ve onun buz gibi soğuk olduğunu farketti. Böylece kertenkelelerin hep soğuk olduğunu öğrenmiş oldu.

Ayşe annesi onu yemeğe çağırıncaya kadar sevdiği „Bulut Tiyatrosu" oyununu oynamağa devam etti. Kertenkele sanki ağır bir iş yapmış gibi uyuyordu. Demek ki yemek ve hazmetmek te iş yapmaktı!

Sukuşu Utam

Kış gelmişti.

Malaya'da kış yağmur zamanı demekti. Bir yağış birde kuraklık zamani var. Yağmur zamani Baba kayığı ile oldukca seyrek denize acılabiliyordu aile için güzel yemekler yapabilecek balik tutmak için. Buna karşılık artık o kadar sıcak olmuyordu ve sebze ve meyveler tarlalarda büyüyebiliyorlardı. Kuraklık zamanında çok sıçak olurdu ama buna karsılık deniz çok sakin olurdu. Nisan – Ekim arasındaki kuraklık zamanında çocuklar çeyrek yıl tatil yapiyorlardı. Buna en çok Ayşe seviniyordu çünkü o zaman babası ile baliğa çika biliyordu.

Günün birinde baba çok dalgalı olmasına rağmen, ailesi için balık tutmağa denize açıldı. Çünkü ailenin stokları tükenmişti.

Henüz oltayı atmıştı ki kocaman bir balık geldi ve kayığı devirdi. Oltası birlikte denize düşen baba son anda kayığa tutundu ama şimdi karaya nasıl çikabilecegini bilmiyordu. Korkuyla bağırmağa başladı fakat koca dalgalar çok gürültü çıkardığından onu kimse duymuyordu.

Bir sukuşu bunu gördü ve heyecanla ailenin kulubesine kadar uçtu. Aile kendisini farkedinceye kadar öterek çırpındı. Tabiki onu Ayşe'den başka anlayan yoktu. Onun en iyi arkadaşları kuşlardı ve o kuş dilini anlıyordu. Hemen Utam'ın kendisine anlattıklarını annesine aktardı. Kuş heyecanla uçuşarak bağirmaya bırakmiyordu.

Sonunda anne ona inandı denizde umutsuzca kayığa tutunmuş adamı gördü. Adamın kocasi olduğunu anladı ve hemen en yakındaki komşuyu çağırdı ve kocasını sudan çıkarmak icin yardım istedi.

Yoksa adam her an boğulabilirdi. Büyük dalgalar kayığa vurdukça adam bir kaç defa batıp çıktı ve sonunda hic görünmez oldu. Dibe doğru inerken bir yunus balığı geldi. Adamın artık nefesi tükenmiş, duyuları kaybolmağa başlamıştı. Son bir hamle ile yunusa sarıldı ve onu suyun yüzüne çıkardı. Adamın gözlerine baktığında, hayatında hiç görmediği bir sevgiyi gördü. Onun yardımı olmasaydı adam mutlaka boğulurdu.

Bu arada komşularda gelmiş, motorlu bir kayıkla yardıma gitmek için harekete geçmişlerdi. Yüksek dalgalara karşı savaşarak zorlukla adama ulaştılar. Yüzü morarmıştı ve boğazına dalan su yüzünden konuşamıyordu. İstemiyerek, hayatını kurtaran yunusu bıraktı.

Yardımsever komşuları onu sudan çıkardılar. Bitkin bir şekilde kendini kayığın içine bıraktı, ve sonbir defa neşe ile havaya zıplayıp kaybolan kurtarıcısının arkasından baktı.

Büyük çaba ile sahile ulaşmıslardı, kocaman bir dalga gelmişti.

Sevinçten ağlayan anne, Utam'ın dilinden anlayan Ayşe'ye teşekkürler edip korkudan titreyen kocasına sarıldı.

Böylece bir sukuşu[10] ve bir yunus[11] bir insanı boğulmaktan kurtarmışlardı.

---

10 Sukuşu, istek kuşu, yalıkuşu, bahri, emircik diye de adlandırılır ve balık yakalamakta kullandığı uzun gaga güzelliğine karşı sinire dokunan çirkin bir sesi vardır ama gördüğünüz gibi burada bir işe yarar ve duyulmaması olanaksızdır!

11 Yunus balıkları yumuşak bir deriye sahiptirler ve onlara dokunmak insana huzur verir. Bu hayvanlar koşulşuz bir sevgiye sahip olduklarından onlara saygı duymalıyız.

Denizkartalı Timor

Denizkartalı sanki çok acelesi varmış, sanki dünyadan uzaklaşmak ister gibi, aniden havalandı.

Evet, acelesi, hemde çok acelesi vardı. Yuva yaptığı ağaç sular çok hızlı yükseldiği için tehlike altındaydı. Üç yavrusu yumurtadan yeni cıkmışlardı. Çok çabuk birşeyler yapmalıydı.

Muson zamanıydı ve yağmur birtürlü kesilmiyordu. Haftalardır durmadan yağıyordu ve toprağa yağmuru emecek kadar zaman kalmıyordu. Toprak her damlası için minnettardır ama bu kez çok fazla idi. Böylece sular çok yükselmiş ve tarlalar su altında kalmıştı.

Ayşe'nin ailesi de dahil olmak üzere Kuantan köyünün çevresindeki insanlar tehlike altındaydı.

„İmdat, boğuluyoruz" diye bağıran küçük kardeşe, büyük kardeşler Muhammet ve Ibrahimde katıldılar.

Tekrar bir dalga eve vurdu ve sular pencereden kapıdan içere girdi. Anne paniğe kapılmıştı ama baba sükunetini korudu. Havaya yükselen deniz kartalını gözlüyordu. Sadece o ve Ayşe

deniz kartalının hareketinin anlamını biliyordu. Ayşe babasından öğrendiği gibi, kuşun davranışlarından dikkat sarf ediyordu.

Kardeşleri kapıya yığmak için kum çuvalları getirdiler ve kapının önünde küçük bir tepe oluştu. Aile biraz olsun dinlenebilirdi.

Baba sessizce denizin üstünde daireler çizerek uçan Timor'u gözetliyordu, bir taraftanda kurtulmaları için Ayşe'ile beraber sessizce dua ediyorlardı. Kalplerinde bir kurtulmak için bir mucize umudu taşıyorlardı. Buna candan inanarak ve kurtuluşun uzakta olmadığını biliyorlardı.

Timor bir kırlangıç sürüsü ile geri döndü. Kuşlar bir düzen içinde doğruca Ayşenin ailesinin kulubesine uçtular. Ayşe kuşları görünce çok sevindi. Kuşlar büyük bir dalgaya doğru hamle yaptılar ve kimileri görünmez oldu. Ayşe ağlamaya başladı çünkü bunun ne anlamına geldiğini biliyordu. Onlar kendilerini insanlar için kurban etmişlerdi.

Deniz yaptığı kötülüklerden memnun gibiydi ve durulmuştu. Sanki bir mucize olmuş dalgalar yavaş yavaş küçülmüş, deniz sakinleşmişti.

Artık kurtulmuşlardı.

Deniz kartalına ve hayatta kallan kırlangıclara teşekkür edip onlara yiyecek verdiler. Baba büyük bir minnettarlıkla, sular yüzünden yıkılmak üzere gelen kartalın ağacını sağlamlaştırdı. Böylece deniz kartalı ve ailesi yavruları büyüyüp uçuncaya kadar rahatça yuvadan kalabilirlerdi.

Anne, baba ve çocuklar sevinçten ağlayarak yorgun bir şekilde kucaklastılar. Yavrular yuvadan ayrıldıktan sonra her pazar geri dönüp kulubenin üzerinde turlar atıp minettar bir şekilde ciyaklıyorlardı.

Konuşan Ağaçlar

Ayşe'nin doğduğu zamana gidelim.

Üç kardeş ve ailesi küçük kızın gelişine çok sevinmişlerdi. Sevinçleri o kadar büyüktü ki, bütün akraba ve tanıdıklarını davet edip, büyük bir kutlama yapmışlardı. Herkes, tavuklar, köpekler ve kediler bile oradaydı. Anne bir çok şey hazırlamış, kendileri çok fakir olmalarına rağmen, onları cömertce misafirlere sunmuşlardı.

Sevinçleri çok büyüktü.

Ayşe daha çok kücükken gülümsemeğe başlamıştı. Öğlen uykusu için annesi onu muz ağacının altına sürmesini çok sever ve gülümserek huzur içinde uykuya dalardı.

Rüyasında muz ağacının kendisiyle konuştuğunu görürdü. Hayır, rüya değildi bu. Ağaç gerçekten onunla konuşuyordu.

„Benim kücük Ayse'm, gel sana ninni söyleyeyim." Ve artarak bir sesle niniler söylerken Ayşe'de huzur içinde uykuya dalıyordu. Uyandığında annesinin gülen yüzü ile karşılaştı ve annesinin mi, ağaçının muruldandığı bilemedi. Bunu anlamak için henüz çok küçüktü.

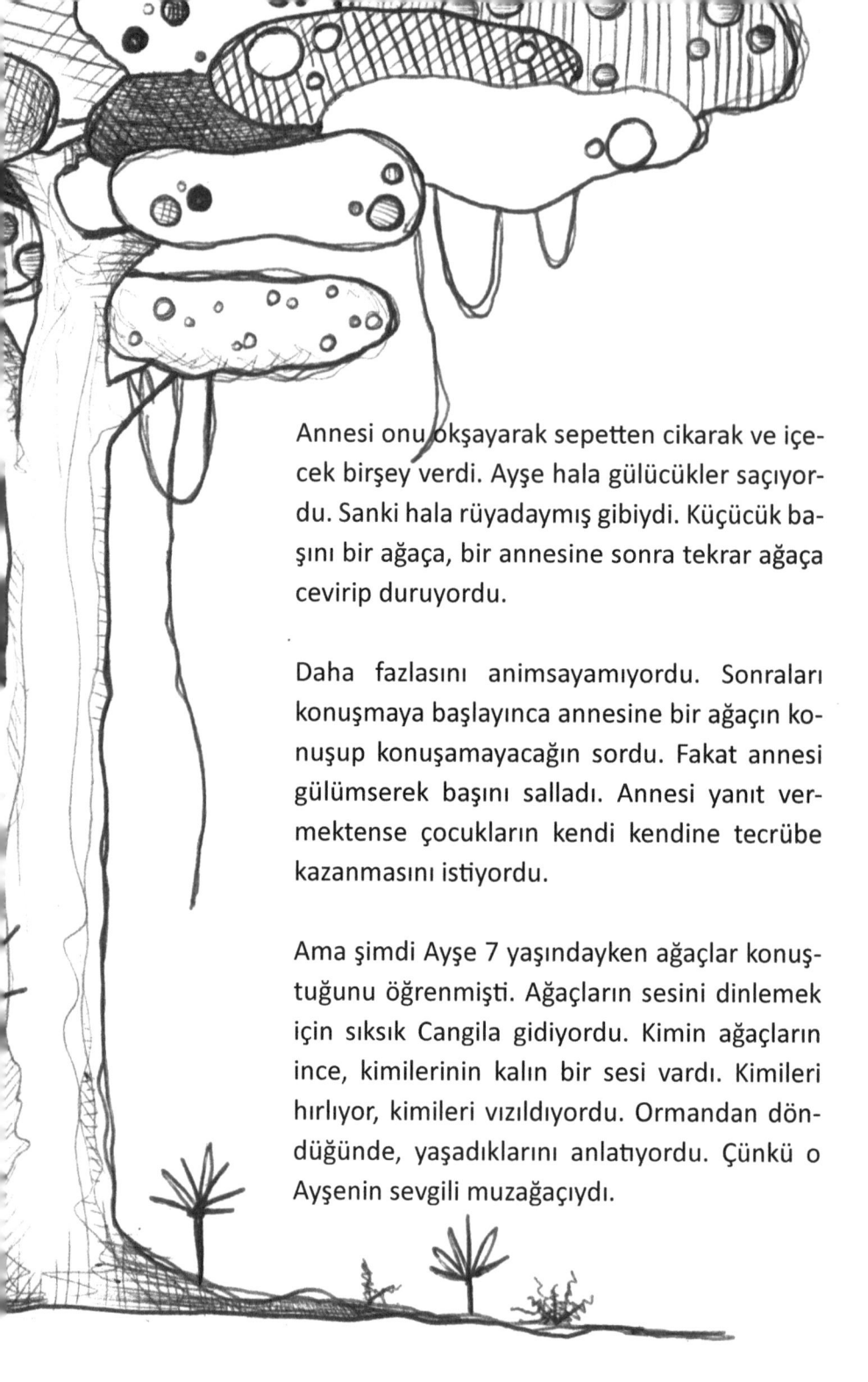

Annesi onu okşayarak sepetten cikarak ve içecek birşey verdi. Ayşe hala gülücükler saçıyordu. Sanki hala rüyadaymış gibiydi. Küçücük başını bir ağaça, bir annesine sonra tekrar ağaça cevirip duruyordu.

Daha fazlasını animsayamıyordu. Sonraları konuşmaya başlayınca annesine bir ağaçın konuşup konuşamayacağın sordu. Fakat annesi gülümserek başını salladı. Annesi yanıt vermektense çocukların kendi kendine tecrübe kazanmasını istiyordu.

Ama şimdi Ayşe 7 yaşındayken ağaçlar konuştuğunu öğrenmişti. Ağaçların sesini dinlemek için sıksık Cangila gidiyordu. Kimin ağaçların ince, kimilerinin kalın bir sesi vardı. Kimileri hırlıyor, kimileri vızıldıyordu. Ormandan döndüğünde, yaşadıklarını anlatıyordu. Çünkü o Ayşenin sevgili muzağaçıydı.

Büyükanne

Henüz daha karanlık olmasına rağmen gün başliyor. Uzun sürmeyen alacakaranlık kayboluyor ve şehrin ışıkları sönüyor. Kuşlar yaşantılarını düzenliyor. Mavi rengi güzel sukuşu avazı cıktığı kadar „Selamat Bagi"12^{12} diye bağırıyor, deniz kartalları denizin üzerinde daireler cızarak kendilerini güne hazırlıyorlar.

Ayşe okula gitmeğe hazırlanıyor, kardeşleri çoktan yola çıktılar, anne kulubeyi düzene sokuyor, baba çoktan işe gitti.

Birden ufuktan iki at geliyor. Yavaşca kulubeye yaklaşıyorlar. Ayşe önce korkuyor ama sonra bu dört ayaklı ikilinin görünüşü hoşuna gidiyor. İyice yaklaştıklarında Ayşe binicilerden birisini hemen taniyor: Büyükannesi ve birdenbire çok genç görünüyor. „Bu olamaz" diye düşünüyor Ayşe, „benim büyükannem yıllarca önce öldü".

Fırtınalı bir günde bahçedeyken yakındaki ağaca yıldırım düşmüştü.

Büyükanne o zaman daha gençti ve Ayşe sadece bir yaşındaydı. Herşey çok çabuk olmuştu. Herkes öyle söylüyordu ama

---

12   İyi günler

gerçekte ne olduğunu kimse anlatamıyordu. Birdenbire kaybolmuştu ve kimse onu bir daha görmemişti.

Bu uzun yıllar önce olmuştu. Şimdi- bu gerçek olabilirmiydi? Yanında ona eşlik eden birisiyle at üstündeki kimdi bu?

Ayşe, kafandan ne geciyor öyle?

„Büyükanne, senmisin?" diye bağırarak sordu.

Büyükanne dediği kadın gülümseyerek attan indi ve sevgiyle Ayşeyi kucakladı.

Kuma oturdular ve büyükanne neler olduğunu, neden burada olduğunu anlatmaya başladı.

Gökyüzünden bir yıldırım düştüğünü ve onu havaya uçurdurup götürdüşünü anlattı. Uzun bir yolculuktan sonra bir ülkeye ulaştılar. Burada evler pamuktan yataklar kremadandı ve her tarafta altından ağaçlar ve bitkiler yetişmişti. Orada bütün insanların kanatları vardı ve onlar çok nazik ve zarif. Burası çok hoşuna gitmişti ve kalmaya karar verdi. Bir zaman sonra ailesini ziyaret etmek istedi. İsteği hemen yerine getirildi ve ona iki at bir de rafakatci verdiler. Burada attlarında kanatları vardı çünkü onlarda gökyüzünden gelmişlerdi.

Büyükanne hikayesini öyle pırıltılı anlatmıştıki, Ayşenin gözleri yaşardı ve onu sevinçten ağlayarak büyükannesinin kucağına düştü. Bu sevimli insanı o kadar çok özlemişti. Uzun zaman öylece konuşmadan sessizce sevgi ile oturdular.

Ayşe tekrar gözlerini açtığında çok şaşırdı. Çünkü onu kucaklayan büyükannesi değil, kendi annesiydi. Ne olmustu? Yaşadıklarını anlattı ve annesi sadece gülümsedi. „Sevgili Ayşe, büyük annen mutlaka yanına gelmiş olmalı, çünkü o da seni çok özlemiştir. Görüyormusun, mucizelere inanmak ne güzel. Ama şimdi gel, hazırlan, okul seni bekliyor."

Ayşe bütün bunların rüya olduğunu anladı, fakat bu mucizenin gerçek olmasını ne kadar çok isterdi.

Dönüp baktığında hiç yoklarmış gibi iki atlı kaybolup gitmişlerdi.

Ama büyükanne tarafından sevgi ile kucaklanma duygusunu bir daha hiç unutmadı. Bazen, deniz kenarındaki her şeyin olduğu yere oturur, gözlerini kapar, büyükannesinin rüyasını görürdü.

Domuzlar nerden geliyor

Akşam olmuştu. Güneş batarken, şehrin ilk ışıkları yanmıştı. Aile akşam yemeğini bitirmiş ve Ayşe'de mutfağı temizlemekle annesine yardım etmişti. Yemekte bol sebzeli, "Mee"[13], yemek sonu bahçeden toplanan ananasları yemişlerdi.

Annesi bulaşıkları yıkarken Ayşe'de kuruluyordu. Bu işi tabiki kızlar yapardı. Oğlanlar ise, bir kaç hafta önceki selde bozulan kulübenin yolunu onaran babalarına yardım ediyorlardı. Yolun tamiri oldukça zaman almıştı.

Muhammet bir gölge gördü. Başını kaldırıp sessiz sedasız önlerinden geçen siyah domuz sürüsünü farketti.

Önce büyük sonra arkasından gelen dört küçük domuz çocukların önünden homurdamarak geçip kaybolmak istiyorlardı. Babası tüfeğini çekti ve en büyük domuza doğrulttu. Bu büyük olasılıkla dört yavrusu ile yiyecek aramağa çıkmıs olan anne domuz idi. Arka ayakların üzerine kalkarak kendisini vurmamasını rica etti. Uzun süredir dolaşmaktaydılar ve şimdi çok acıkmıştılar.

---

13   Malezyanın makarna yemeği

„Eğer sen beni vurursan çocuklarım açlıktan ölür. Çünkü onlar henüz yiyecek arayamayacak kadar küçük." O babaya yalvarırken küçükler değişik yönlere kaçıştılar.

Bir domuzun nasıl konuştuğunu şaşkınlıyıyla donakalan baba ona baka kalmış ve elinden tüfeğini düşürmüştü. Babanın korkusundan yararlanıp fırsat çıkmışken kaçmamıştı. Babanın silahı doğrultacak hali yoktu.

Anne domuz konuşmağa devam etti. „Bizi kafandan çıkarmalısın, çünkü biz çok yağlıyız ve bu da insanlar için hiçte iyi değil.

Neden artık daha fazla yeşil sebze, meyve yetiştirmiyor, tahıl ekmiyorsun? Bizden belki kısa bir zevk alırsınız ama daha sonra pişman olursunuz, çünku her gün daha fazla hasta olursunuz."

„Biz sana yardımcı olabiliriz çünkü biz toprağı kazma işinde çok iyiyiz" diye konuşmağa devam etti ve çocukları geri çağırdı. „Bak, eğer sen bizi ev hayvanı olarak kabul edersen, sana fidan dikmen için çukurlar açarız. Beraber iyi iş yaparız."

Baba bu öneriye karşı çıkmadı ve silahını tekrar dolaba kaldırdı. Bir parmaklık yaptı ve artık hayvanlar aile ile birlikte kalabilirlerdi. İhtiyaç olduğunda serbest bırakılıyordu. Evet, domuzlar o kadar akılıydılarki, insanları kendilerine inandırmışlardı.

Bu ara güneş batmış, çok güzel bir akşam kızıllığı gökyüzünü sarmış, yarasalar uçuşmaya başlamışlardı. Kuşlar susmuş, çekirgeler uykuya dalmışlardı.

Hayvanlar ve insanların anlaşıp karşılıklı saygı duydukları zaman ne güzel oluyordu.

Bu olaydan sonra baba bir daha hiç bir hayvan vurmadı ve sağlığı hergün dahada iyileşti.

Kırlangıçlar

Şimdi tekrar gökyüzünü karabulutlar kaplıyor. Hala yağmur zamanı ve „yağmurun kuyruğu geri cekilmeden önce etrafına carpiyor." Uzaklardaki Malayada böyle derler.

Kırlangıçlar havada dolaşıyorlar ama hiç doğru dürüst uçamıyorlar.

Ayşe onları penceresinden gözlüyor ve ne olduğunu anlamak için dışarı çıkmağa karar veriyor. Ne oluyor? Kırlangıçlarda bir huzursuzluk var ve birbirleriyle iletişim kuruyorlar. „Çabuk gidelim buradan, çok kuvvetli bir yağmur geliyor." Hızlı kanat cırpınıslarıyla güvenli bir ağaca ulaşmaya çalışıyorlar. İçinde uçabilecekleri bir hava akımı bulamadıklarının yere düşmemek için sürekli kanat cırpmak zorunda kalıyorlar. Ayşe onları yarasalardan ayırdetmek için zorlanıyor.

Alışıldığı gibi yağmur çok kuvvetli bir şekilde başlıyor.

O ara denizden sahile doğru çok küçük bir kırlangıç gelmeğe çalışıyor ve bir kaç çırpınıstan sonra gözden kayboluyor. Yoksa kanatlar çokmu ıslandı ya da yetirince uçuş tecrübesi yokmuydu? Ayşe'nin gözleri yaşarıyor ve ümitsizce denizin yüzünü araştırıyor ama onu göremiyor.

Şimdi o kırlangıç artık huzuru büyük denizde buldu. Ayşe ağlamaya başlıyor. İki büyük kırlangıçın küçüğün düştüğü yerin üzerinden dolaşıp seslendiklerini görünce ağlaması dahada artıyor.

Doğa böyle karar verdi.

Diğer bütün kırlangıçlar bu sağanaktan kacıp kendilerini kurtardılar. Kısa bir süre sonra ortalık sakinleşti, yağmur geçti ve kuşlar tekrar ötüşmeye başladılar. Bunlar belkide yağmurun geçtiğini mi müjdeliyorlardı? Yoksa bir az önce yavrularını kaybeden kırlangıçların yas tutma sesleriydi?

Bunu kesin olarak bilmiyoruz.

Aci olan deniz üzerine fazla açılan küçük kuşun hayatını kaybetmesiydi. Belki merakını gidermek istiyordu, belkide sevinçten ne kadar çok zaman geçtiğini farketmemişti. Bildiğimiz kırlangıçların gelen yağmur haber vermesi. Eğer onlar yüksekten uçarsa havalar güzel olacak demektir.

Ve Ayşe gözyaşlarını siliyor...

Sürpriz

Akşam oldu.

Bir maymun hala bir ağaçta sallanırken bir kara tavuk aceleyle yuvasına uçmuş, çegirgeler ötmeyi bırakmış, yarasalar gece uçuşlarına başlamış ve deniz sakinleşmişti. Karanlık basmıştı. Ayşe anne ve babasına iyi geceler dileyip ertesi gün kullanacağı okul eşyalarını okul cantasına koymak için odasına gidiyor. Okul cantası artık hazır.

Sonra elbiselerini çıkarıp, geceliğini giyiyor, elini yüzünü yıkayıp dişlerini fırcaliyor. Bu yorucu geçen gün sonra güzel bir uyku için seviniyor. Okuldan geldikten sonra bütün gün tarlada çalışmıştı, çünkü yağmur bekleniyordu ve toprağın altında yatan tohumlar yeşerip tahıl haline gelmeliydi.

Hoop deyip yumuşacık yatağana atladı, dua edip gözlerini kapadı.

Birden odasında bir gürültü hissetti. Çantasının yakınlarından bir gürültü geliyordu. Kulak kabarttı, gürültüyü tekrar duydu. Bir kertenkele olabilirdi. Biraz bekledi ama ışığın düğmesini açmağa cesaret edemedi. Hışırtı şimdi başka bir köşeden geliyordu. Bu ne olabilir? Ayşe'nin kalbi hızla atıyor, bu olana bir anlam veremiyordu. Biraz daha bekledi. Hırsız olamazdı çünkü anne ve babası kulubedelerdi ve ışıkları yanıyordu. Öylese neydi bu odasında hışırdayan?

Heyecanı artınca örtünün altında cepfenerini yaktı ve ışığı yıldırım hızıyla gürültünün geldiği tarafa tuttu. Ohh, bu gürültüyü yapan bir kirpiydi. Kocaman gözlerle Ayse'ye bakan kirpide korkmuştu. Neredeyse lokması ağzından düşüyordu.

„Özür dilerim Ayşe" diye konuştu kirpi. „Çok açtım, o yüzden senin okul yiyeceğini çantandan aldım." „Ne?" Bu kirpi konuşuyormu? diye düşündü. Ayşe'ye sanki bir kirpinin konuşması çok normalmış gibi davrandı. „Evet, çok doğal" dedi Ayşe, odama geliyorsun, okul çantamı açıyorsun, yiyeceklerimi çıkartıyor, tutup mideye indiriyorsun."

„Kimsin sen gercekten?"

Bütün bu yaşadıklarından sonra Ayşe bir mucize olup hayvanlarında konuşmasına alışmıştı.

„Benden, büyü yapılmış prens olduğunu söylemeni istemiyorsun herhalde. Öyle değilmi?" diye karşılık verdi kirpi.

„Ne yazık ki ben sadece çok acıkmıs bir kirpiyim."

„Öylese neden çantamı açıp sanki bir insanmış gibi ekmeğimi alıyorsun?" diye sordu Ayşe.

„Çünku, çünkü..."diye kekeledi. Kirpi o an çalışma masasının arkasından küçük kardeş Zainiffa çıktı ve gülmekten ağzı kulaklarına varıyordu.

„Beni korkuttun" diye kızarak bağırdı Ayşe „Benimle tiyatro oynamaktan daha iyi bir şey gelmiyormu elinden?"

Yaptığı şakanın amacına ulaşması Zainiffa'nın çok hoşuna gitmişti. Bu gürültüleri o yapmış, çantayı açmış, sesini de değiştirmişti. Kardeşini bu şekilde kandırabildiğine çok sevinerek odadan kayboldu.

Kirpi uzun süre Ayşe'ye baktı ve dediki: „Şimdi sen de, o konuşanın ben olup olmadığından şüphelisin, öyle değil mi?"

Şimdi burada kim konuştu, kardeşimi, kirpimi?